箴言精選 六十則

何文匯 著

封面題字：陳湛銓教授

原聲朗讀：袁陳麗女士、李向昇博士

箴言精選六十則

作　　者：何文匯

責任編輯：鄒淑樺

封面設計：趙穎珊

出　　版：商務印書館（香港）有限公司

　　　　　香港筲箕灣耀興道 3 號東滙廣場 8 樓

　　　　　http://www.commercialpress.com.hk

發　　行：香港聯合書刊物流有限公司

　　　　　香港新界大埔汀麗路 36 號中華商務印刷大廈 3 字樓

印　　刷：美雅印刷製本有限公司

　　　　　九龍觀塘榮業街 6 號海濱工業大廈 4 樓 A 室

版　　次：2020 年 7 月第 1 版第 2 次印刷

　　　　　© 2020 商務印書館（香港）有限公司

　　　　　ISBN 978 962 07 0573 1

　　　　　Printed in Hong Kong

箴言精選 六十則

何文匯 著

前　言

　　《箴言精選》是博益出版集團為配合何文匯博士主持的
《樂聲箴言》電視節目而出版的。這本書一九八三年初版，
一九八六年第五版，共售出一萬多冊。一九八七年售罄後，
博益便再沒有重印。一九八四年，香港教育署和《樂聲箴
言》節目贊助商信興電器貿易有限公司委託博益翻印《箴言
精選》，聯合編製了三千套《樂聲箴言》精裝本及錄影帶，作
為德育教材送給香港各學校，可見這本書對香港社會曾經有
深遠的影響。一九九一年，博益出版集團把《箴言精選》版
權轉讓給勤＋緣出版社，使這本書可以重新印刷出版。勤
＋緣出版社於是邀請何博士把書內的箴言由原來的三十九則
增至五十則，作「增訂版」刊行。

　　一九九九年，勤＋緣出版社把本書版權借給博益，以
一本堂名義刊行本書，直至博益結業為止。二〇一一年，勤

＋緣出版社把本書版權轉讓給新雅文化事業有限公司，何教授應邀把書內的箴言增至六十則。

今年，勤＋緣出版社把本書版權送給何教授，何教授於是授權本館重印六十則本，並且就內文加以增補，使內容更豐富。

《箴言精選》選取的箴言都言簡意賅，易於記誦，十分適合年輕讀者。書中不但一般難字都附有粵語和普通話注音，而且每一則箴言都附有粵語和普通話原聲朗讀，讀者用手機掃描二維碼即可聆聽和跟讀。通過閱讀箴言的原文、語譯、釋文、釋義以及聆聽朗讀，我們除了會加強語文能力外，更會領悟不少人生哲理，這對我們立身處世會有很大的幫助。

商務印書館編輯部

二〇二〇年三月

序

中國的箴言，是中國幾千年文化的結晶。簡短幾句話，含有極深哲理。但是，這件祖先留下的寶貝遺產，逐漸在湮沒中，極其令人沮喪。

中國箴言，教導我們怎樣做人，怎樣做一個完人。正當年青一代失去做人準繩，因而徬徨、混亂、盲從的時候，文匯編寫這本《箴言精選》，態度是嚴肅的。他以簡明的詞句，寫「語譯」、「釋文」和「釋義」，協助年青人瞭解箴言中的含意。

在這個年代，善與惡，正與邪，並存在一個空間、一個時間，絞殺了一切可以憑依的規律。希望這本小小的《箴言精選》，對中國傳統文化重新評價，肯定價值，給年青一代建立正確的人生觀和做人做事的法則。

其實，這工作是應該大家合力來做的。商業化社會的

人，不太願意犧牲一點私利，為年青一代作些貢獻。文匯編寫《箴言精選》，博益出版，電視也列入節目，這樣的配合，擺脫了教條式的教育，我們不妨稱之為「活的教育」。也可以說，在教育上跨了一大步。

　　但願編寫出版《箴言精選》以及在電視上播映，能產生帶頭作用。那麼，香港的孩子們有福了。

農婦

一九八三年八月廿四日

於馬利蘭大學山

自　敍

　　今年七月，接到香港電視廣播有限公司的通知，要我主持一個以「箴言」為題的特約節目，共三十九集。不多時，有關部門送來一堆「格言」、「名言」的書，給我參考。我一看，不禁啼笑皆非。那些所謂「格言」、「名言」，不注出處的也有，誤注出處的也有；而錯字、錯標點、錯譯，比比皆是，我簡直不敢相信那些全都是前人說過的話。

　　其中有一本厚厚的格言諺語集成，古今中外，無所不收。其中徵引中國經子的，錯誤就不少。最奇怪的是編者還收了一大堆甚麼法國諺語、意大利諺語、日本諺語和西方古哲學家的格言，洋洋大觀。難道編者果真精通十多國語言？不然的話，他根據哪種翻譯呢？他又怎麼知道他根據的翻譯是對的呢？如果他看不懂原文，他怎麼肯定那些外國格言是真實存在的呢？如果編者自己也不敢肯定材料

真確與否，他豈不是自欺欺人？

為了配合電視節目，我於是決定自行編寫一本箴言選集，交博益出版集團印行，以收普及之效，終於在三個星期內寫完了《箴言精選》。這本書不收外國箴言，不收近代箴言，只收中國古代箴言。我國古箴言文簡意賅，音節鏗鏘，易於記誦，最適合今天的讀者。電視節目分三十九集，所以箴言共三十九則，全都是中國古籍所記載的。每則箴言清楚注明出處，而且有白話翻譯，難字都注有讀音。最後反覆闡釋箴言的精神。我覺得只有這樣做，讀者才不致懷疑箴言的真實性。讀者不懷疑箴言的真實性，才會化時間探討箴言的精神。

有人看過書稿，說我選取與孔子有關的箴言過多，流於迂腐。他錯了。中國箴言，撇開和孔子有關的，所餘無幾。後世的箴言，也離不開孔子的思想。既然這樣，為甚麼不直探其源呢？孔子的思想是偉大的，是實用的，並不迂腐。腐儒不善用孔子的學說，使它腐朽了；獨裁者歪曲孔子的學說，作為欺壓人民的工具，把孔子的思想敗壞了。

後人不讀《論語》，只把腐儒和獨裁者的言行看成是孔子思想的實踐，於是有一些下愚的人就把孔子打為禍國殃民的罪魁。

可是，如果獨裁者立心欺壓人民，不論甚麼學說，他一樣可以拿來做藉口。孔子的學說適合修身、齊家、治國，因為孔子強調制度。有哪一個安定先進的國家是不強調制度的？有哪一個不強調制度的國家是安定先進的？但是，正因為孔子學說適合治國，獨裁者就更喜歡拿來保護自己和欺壓人民了。

當然，一成不變地盲從孔子學說，是腐儒所為。孔子學說有很多細節，今天已經不合用了。這不是孔子的錯，他在兩千多年前怎麼知道今天的社會是怎樣的？因時制宜是我們的責任。但是，孔子提倡忠恕，是萬世不易的。有人以為這是封建社會的陳舊觀念，是維護統治者的，其實不是。人民要忠於君主，君主何嘗不要忠於人民。孔子要

求「君君」，君主不忠於人民，就是「君不君」，他還配做統治者嗎？只不過統治者有權力，他可以責人不責己。任何偉大無私的學說，落在一個有權力又有私心的統治者手裏，一定變質。這只能說是造物弄人。

　　孔子的學說落在我手裏，也不免要變質。我重視功利。孔子說：「君子喻於義，小人喻於利。」所以我不是君子。不過，這是一個「上下交征利」的世界，不可能不言利。「利」是這個時代的共通語言。只是談仁義，有興趣聽的人不多。但如果我說：「你不行仁義，對你自己是沒有利的。」這就比較動聽了。孟子說：「亦曰仁義而已矣，何必曰利？」不過他跟梁惠王、齊宣王談治國之道，也離不開「多行仁義對你有利」這話題。所以我在書中闡釋孔門學說，都提及「互利」。人往往為了個人利益而遵守規則。不過，如果每個人都為了個人利益而遵守規則，因而利人，國家一樣可以太平興盛，人與人相處一樣可以融洽。當利

人成了習慣，那就違道不遠了。

　　《箴言精選》撰寫期間，陳師湛銓教授鼓勵有加，還替這本書的封面題字。孫淡寧大姐（農婦）雖然已經移居美國，仍不忘老遠寄來一篇敘文。書稿付梓前，又得劉師殿爵教授審閱一遍，去蕪存菁。在這裏謹致萬分謝意。如果內文的訓詁和分析有錯誤，那是因為我才疏學淺，判斷失當，與別人絕對無關。

何文匯

一九八三年八月

　　增訂版新增書稿得劉師殿爵教授審閱，全書稿又得香港中文大學中文系同事李今吾先生斟酌文字，謹致謝意。

何文匯

一九九一年六月

再增訂版書稿得香港理工大學畢宛嬰女士斟酌文字，
謹致謝意。

　　　　　　　　　　　　　　　　　　　　何文匯

　　　　　　　　　　　　　　　　　　　二〇一一年三月

目　錄

二

今之孝者，是謂能養。
至於犬馬，皆能有養。
不敬，何以別乎？

一

大孝尊親，
其次不辱，
其下能養。

論孝

一

大孝尊親，
其次不辱，
其下能養。

原文　《大戴禮記‧曾子大孝》：「曾子曰：『孝有三：大孝尊親，其次不辱，其下能養。』」

語譯　曾子說：「孝行有三等：最偉大的孝行是尊敬父母，次一等的是不羞辱父母，最下等的是能夠養活父母。」

釋文　「養」字作「下奉上」解，粵語從古，讀陽去聲，音「漾」，如「養父母」就讀成「漾父母」。這裏「能養」就要讀成「能漾」。作「上養下」解則仍讀陽上聲，音「仰」，如「養育」、「畜養」。普通話兩者都讀如「仰」。

釋義　這一段引文亦見於《禮記‧祭義》，「不辱」作「弗

辱」，意義大致相同。

　　曾子是孔子的學生，少孔子四十六歲，以孝聞名。曾子分孝行為三等。他認為最高等的是對父母有尊敬之心，能夠奉行父母的意旨。這是無可置疑的，因為一切禮節，都以能發自內心為最可貴。次一等的，是不羞辱父母。這個範圍很廣，如果我們對別人無禮，被人罵「沒家教」，我們就肯定羞辱了父母；如果我們做了錯事，被人打，被人罵，甚或被繩之於法，我們也肯定羞辱了父母。因為我們是父母的子女，我們的身體是父母身體的延續，子女和父母是同氣的。所以，子女受羞辱即父母受羞辱。曾子實在是勸勉我們立身處世要謹慎。孝行的最下等，就是只能夠照顧父母的日常生活，使父母不愁衣食。這當然絕對不能說不孝，不過僅是能養父母的「口體」（《孟子‧離婁上》：「此所謂養口體者也。」口體即口腹和身體），而不尊敬父母，又不謹於修身，只能說是達到孝的最低要求。當然，能養總算聊勝於無。

二

今之孝者，是謂能養。
至於犬馬，皆能有養。
不敬，何以別乎？

原文　《論語・為政》：「子游問孝。子曰：『今之孝者，是謂能養。至於犬馬，皆能有養。不敬，何以別乎？』」

語譯　子游問有關孝道的事。孔子説：「現在所謂孝，是指能夠養活父母。不過，狗和馬都能夠得到我們豢養。如果我們對父母不存尊敬之心，那麼養活父母和豢養狗馬又有甚麼分別呢？」

釋文　「能養」的「養」字，粵語讀陽去聲，音「漾」，「下奉上」的意思。「有養」的「養」字仍讀陽上聲，音「仰」。普通話兩者都讀如「仰」。

釋義 這一章正好解釋上一章的「大孝尊親」和「其下能養」，也可以見到曾子的「大孝尊親」和「其下能養」是從孔子這幾句話變化出來的。孝的最大特點，是對父母有尊敬之心。如果沒有尊敬之心，供養父母和餵養狗馬就沒有甚麼分別了，焉得不在「其下」？

不過，禮是「尚往來」的，子女尊敬父母固然是天經地義的事，然而做父母的，當然也要盡為人父母的責任才對。父母的責任是以身作則，導子女於正途，還要愛護子女。不然，「父不父」而要求「子子」，那就是「無諸己而求諸人」了。

五

不容然後見君子。

四

文質彬彬，

然後君子。

三

博聞強識而讓，

敦善行而不怠，

謂之君子。

論君子

六

君子周而不比，
小人比而不周。

七

君子和而不同，
小人同而不和。

三

博聞強識而讓，
敦善行而不怠，
謂之君子。

原文 《禮記・曲禮上》：「博聞強識而讓，敦善行而不怠，謂之君子。」

語譯 一個人如果博於見聞，強於記憶，又能夠謙讓；兼且敦篤於善行，樂於助人，從不怠慢，他就可以稱得上是君子。

釋文 「強」讀「強健」的「強」，陽平聲。「識」音「誌」，是「記」的意思。唐陸德明《經典釋文》在「識」下注了兩個讀音，一個是「知識」的「識」，即現在的陰入聲，一個是「誌」，即現在的陰去聲。應以後者為是。

《荀子・解蔽》：「博聞彊志，不合王制，君子賤之。」《史記・屈原賈生列傳》：「博聞彊志，明於治亂，嫻於辭令。」《淮南子・齊俗訓》：「博聞強志，口辯辭給，人智之美也。」《周禮・春官・保章氏》：「掌天星以志星辰日

論君子

六

君子周而不比，
小人比而不周。

七

君子和而不同，
小人同而不和。

三

博聞強識而讓，
敦善行而不怠，
謂之君子。

原文　《禮記・曲禮上》：「博聞強識而讓，敦善行而不怠，謂之君子。」

語譯　一個人如果博於見聞，強於記憶，又能夠謙讓；兼且敦篤於善行，樂於助人，從不怠慢，他就可以稱得上是君子。

釋文　「強」讀「強健」的「強」，陽平聲。「識」音「誌」，是「記」的意思。唐陸德明《經典釋文》在「識」下注了兩個讀音，一個是「知識」的「識」，即現在的陰入聲，一個是「誌」，即現在的陰去聲。應以後者為是。

　　《荀子・解蔽》：「博聞彊志，不合王制，君子賤之。」《史記・屈原賈生列傳》：「博聞彊志，明於治亂，嫺於辭令。」《淮南子・齊俗訓》：「博聞強志，口辯辭給，人智之美也。」《周禮・春官・保章氏》：「掌天星以志星辰日

論君子

六

君子周而不比，
小人比而不周。

七

君子和而不同，
小人同而不和。

三

博聞強識而讓，

敦善行而不怠，

謂之君子。

原文　《禮記・曲禮上》：「博聞強識而讓，敦善行而不怠，謂之君子。」

語譯　一個人如果博於見聞，強於記憶，又能夠謙讓；兼且敦篤於善行，樂於助人，從不怠慢，他就可以稱得上是君子。

釋文　「強」讀「強健」的「強」，陽平聲。「識」音「誌」，是「記」的意思。唐陸德明《經典釋文》在「識」下注了兩個讀音，一個是「知識」的「識」，即現在的陰入聲，一個是「誌」，即現在的陰去聲。應以後者為是。

　　《荀子・解蔽》：「博聞彊志，不合王制，君子賤之。」《史記・屈原賈生列傳》：「博聞彊志，明於治亂，嫻於辭令。」《淮南子・齊俗訓》：「博聞強志，口辯辭給，人智之美也。」《周禮・春官・保章氏》：「掌天星以志星辰日

論君子

六

君子周而不比，
小人比而不周。

七

君子和而不同，
小人同而不和。

三

博聞強識而讓，
敦善行而不怠，
謂之君子。

原文　《禮記・曲禮上》：「博聞強識而讓，敦善行而不怠，謂之君子。」

語譯　一個人如果博於見聞，強於記憶，又能夠謙讓；兼且敦篤於善行，樂於助人，從不怠慢，他就可以稱得上是君子。

釋文　「強」讀「強健」的「強」，陽平聲。「識」音「誌」，是「記」的意思。唐陸德明《經典釋文》在「識」下注了兩個讀音，一個是「知識」的「識」，即現在的陰入聲，一個是「誌」，即現在的陰去聲。應以後者為是。

　　《荀子・解蔽》：「博聞彊志，不合王制，君子賤之。」《史記・屈原賈生列傳》：「博聞彊志，明於治亂，嫻於辭令。」《淮南子・齊俗訓》：「博聞強志，口辯辭給，人智之美也。」《周禮・春官・保章氏》：「掌天星以志星辰日

月之變動。」鄭玄〈注〉:「志,古文識。識,記也。」《大戴禮記・保傅》:「博聞強記,接給而善對者,謂之承。承者,承天子之遺忘者也。」「強識」、「強志」、「強記」互通。

一說:「識」是動詞,「強」是副詞,讀陽上聲;「強識」解作「勉力去記憶」。姑且存以備考。

「行」,粵語讀如「杏」,陽去聲。普通話則以去聲〔xìng〕為舊讀,以陽平聲〔xíng〕為今讀。

釋義 君子是有才學、有德行的人。君子見聞廣博,記憶力強,所以學識一定好。但學識好的人並不一定是君子。如果一個學識好的人到處誇耀自己的學識,譏笑別人的不足,他肯定不是君子。君子是「無所爭」的,是謙讓的,而且多行善事,樂於助人,不會怠慢。具備這些條件的,才是君子。

在這個競爭劇烈的社會中,能夠凡事都做到「讓」,真是不容易的。不過,在家裏,以及日常和朋友相處,能夠互相禮讓,互相幫助,磨擦自然減少。這樣,我們的生活也會過得快樂些。

文質彬彬，
然後君子。

原文　《論語・雍也》：「子曰：『質勝文則野，文勝質則
史。文質彬彬，然後君子。』」

語譯　孔子說：「過於質樸而文采不足，便會像村野之
夫；文采過多而不夠質樸，便會像史官。既質樸又有文
采，才足以成為君子。」

釋文　「史」指史官，這裏則有「有如史官」之意。史官
即文官。不過，與其說史官有文采，不如說他們重視形
式。史官重視形式，是因為他們重視禮制。《論語・衛靈
公》：「子曰：『吾猶及史之闕文也，有馬者借人乘之。今
亡矣夫。』」意即孔子還趕得及看到缺乏文采（不重視形

式）的史官，把自己的馬車借給不合身分的人用。現在的
史官非常重視形式，大概再不會這樣做了（見周策縱教授
〈說《論語》「史之闕文」與「有馬者借人乘之」〉一文）。

釋義 村野之夫不知禮，行為自然不合禮，容易遭人輕
視和厭惡。所謂「言之無文，行而不遠」（《左傳・襄公
二十五年》），文采到底是動人的。禮就是感情的文采。
不過，如果太講究禮數，太重視文采，卻又會予人華而不
實的感覺。兩個極端都不符合作為君子的要求。文質兼
備，才夠得上是一位恪守中庸之道的君子。

不容然後見君子。

原文　《史記・孔子世家》:「顏回曰:『夫子之道至大,故天下莫能容。雖然,夫子推而行之。不容何病?不容然後見君子。夫道之不脩也,是吾醜也;夫道既已大脩而不用,是有國者之醜也。不容何病?不容然後見君子。』」

語譯　顏回說:「夫子之道極大,所以天下無法容納。縱然如此,夫子仍不斷推許和奉行其道。不為人所容納有甚麼不好?不為人所容納才見到誰是君子。如果聞道而不修,那是我的不善;如果其道已大有修為,而竟不見用,那是有國者的不善。不為人所容納有甚麼不好?不為人所容納才見到誰是君子。」

釋文　「夫道之不脩也」及「夫道既已大脩」的「夫」,粵

14

語和普通話都讀如「扶」，陽平聲，發語詞。

「不容然後見君子」亦見於《孔子家語‧在厄》：「顏回曰：『夫子之道至大，天下莫能容。雖然，夫子推而行之。世不我用，有國者之醜也。夫子何病焉？不容然後見君子。』」

釋義　孔子之道見於以仁為本的修身和治國的學說之中。要達到仁的境界就先要行忠恕。不過，在你爭我奪、爾虞我詐的春秋、戰國時代，孔子的學說是不可能為人君所接受的。不為人君所接受，正顯得孔子學說的偉大。

具前瞻性的言論未必會為時人所接受。但當時間證明了該言論的價值時，社會各界又會爭相附和。所以，偉大的學說並非一朝一夕能得到證明和認同；懷才不遇並非不常見的事。不過，一個有學問、有修養的人，當然不會因為不為人所賞識和重用而感到沮喪；只會不斷進修，充實自己。能「博聞強識而讓」，行忠恕之道而不問收穫，就是君子。

君子周而不比，
小人比而不周。

原文　《論語‧為政》:「子曰:『君子周而不比,小人比而不周。』」

語譯　孔子説:「君子只有和人志同道合,不會偏私結黨;小人卻只有偏私結黨,不會和人志同道合。」

釋文　「比」,粵語讀如「避」,陽去聲。普通話則以去聲〔bì〕為舊讀,以上聲〔bǐ〕為今讀。「比」有若干解法,這裏是「以利合」、「偏私結黨」的意思,和「周」的「以義合」、「不偏私結黨」意思相對。前人喜歡把「周」解成忠信。忠信似乎不是「周」的直接意義。不過,一個不偏黨的人,肯定也是一個忠信的人。

釋義 小人是沒有德智、沒有修養的人。

人因為偏私而結黨。偏私可以對人而言，也可以對事物而言，唯利是圖就是一種偏私。偏私是人的天性。每個人都不免會有所偏愛：父母可能會比較喜歡某一、兩個子女，老師可能會比較喜歡某幾個學生，我們也會偏袒自己的好朋友。這是人之常情，而有些人又確是特別討人喜歡的。不過，遇到要判斷對方的好壞的時候，我們一定要用理智分析，不要讓我們的私心影響和控制我們。我們一定要大公無私，才可以得到別人的信服，才可以問心無愧。

在日常生活裏，我們也應該避免為了個人的好惡和恩怨，結黨營私，盲目排擠、攻擊和陷害跟自己意見不一致的人。我們結黨營私，排擠別人，積怨既深，別人也可以結黨排擠我們，到頭來也難免身受其害了。

君子和而不同，
小人同而不和。

原文 《論語・子路》:「子曰:『君子和而不同,小人同而不和。』」

語譯 孔子說:「君子與人相處很和諧,但不會隨便跟人認同;小人隨便跟人認同,但常與人不和。」

釋義 君子是「無所爭」的,是謙讓的,所以與人相處,可以保持和諧。但是,君子因為「博聞強識」,所以具有真知灼見,和一般人(尤其小人)見解和愛好往往不同,所以不會隨便附和人。小人的嗜好彼此相同,大家都喜歡利己,所以容易互相認同。但是因為大家只顧利己,就必然你爭我奪。所以說,小人同而不和。

如果我們在日常生活裏面，只顧你爭我奪，損人利己，我們所失去的比得回來的更大。反而大家心平氣和，凡事遵守規則，多為他人設想，結果大家都可能得益，而最起碼心境也會舒泰些。

　　這一章和上一章「君子周而不比，小人比而不周」可互為注解。上一章的重點在「周」與「比」的分別，這一章的重點在「和」與「同」的分別。「同」比「和」顯得更熱情，可是到涉及私利時，這充滿熱情的「同」便會變成「不和」。而「比而不周」的「比」則是「不和」的源頭。

八

見賢思齊焉，
見不賢而內自省也。

九

吾日三省吾身。

自省

見賢思齊焉，
見不賢而內自省也。

原文 《論語·里仁》:「子曰:『見賢思齊焉,見不賢而內
自省也。』」

語譯 孔子說:「見到才德勝過自己的人要希望追上他,
見到不肖的人要自我省察一下。」

釋文 「省」作「反省」解,粵語讀如「醒」,陰上聲;普
通話也讀如「醒」,上聲。

釋義 這一章勸勉我們不斷進修,務求有良好的才德。
見到一位有才德的「賢者」,我們要希望自己的德行有一
天可以和他齊等;而見到一個「不賢」的人,我們立即要

內自省察，看看有沒有像他一樣的缺點。這樣，我們的才德才會日漸完美。

有些人特別妒才，不但見賢不思齊，而且為了個人利益，會去害賢。比如說，他們在公事上會想辦法壓抑才幹品行比他們好的同事，以免這些同事的成就蓋過他們。這樣做對誰都沒有益處。如果我們每天都在嫉妒中度過，那我們會是很不快樂的人。如果我們專門壓抑比我們賢能的人，給人家識破了，我們也會受到制裁。而且見賢不思齊，就只能永遠是庸才而已。

吾日三省吾身。

原文　《論語・學而》:「曾子曰:『吾日三省吾身:為人謀而不忠乎?與朋友交而不信乎?傳不習乎?』」

語譯　曾子說:「我每天就三件事情自己省察一下:為人策劃事情,不曾盡力嗎?和朋友交往,不夠誠信嗎?老師傳授的學問,不曾修習嗎?」

釋文　「三省」的「省」,粵語讀如「醒」,陰上聲;普通話也讀如「醒」,上聲。「傳不習乎」的「傳」字讀陽平聲。

釋義　這幾句話勉勵我們每日檢討自己。「為人謀」是為人策劃,說得具體一點,就是為人做事。如果準備不足,

做事馬虎，我們就是對合夥人、上司、下屬或「客人」不忠。立心欺騙更不用說了。其實這是間接勉勵我們敬業。和朋友交往要誠信，否則就等於不尊重對方。比如你約了朋友見面，自己卻遲到，那你對你那位朋友便是「不信」。如果你對人不忠不信，你就沒資格要求別人對你忠信，那就很容易自食其果。

「傳不習乎」也是很重要的，因為讀書可以明理。傳而不習，浪費了老師的心血，自己也少知了事理。縱使我們已經離開了學校，這句話仍可以活用。比如說，明天開會的文件看過沒有，有關日常工作的資料看過沒有，甚或今天的新聞看過沒有。縱使我們已經離開了學校，我們還是應該吸收新知識來充實自己的。「習」是修習、研習。不論個人溫習還是幾個人講習討論，都可以引起我們思考。思考就是明理的途徑。

十一

玉不琢，

不成器。

十二

學如不及，

猶恐失之。

十三

獨學而無友，

則孤陋而寡聞。

十

後生可畏，

焉知來者之不如今也。

勸學

十四
每事問。

十五
好問則裕，
自用則小。

十六
業精於勤荒於嬉，
行成於思毀於隨。

十七
少壯不努力，
老大徒傷悲。

十

後生可畏，
焉知來者之不如今也。

原文 《論語・子罕》：「子曰：『後生可畏，焉知來者之不如今也。四十五十而無聞焉，斯亦不足畏也已。』」

語譯 孔子說：「年輕人是讓人敬畏的，我們怎麼知道這些後來的人將來比不上現在的成年人呢？到了四、五十歲還不以才德見稱，這些人就不足敬畏了。」

釋文 「焉知」的「焉」讀陰平聲，是「怎麼」的意思。「無聞焉」的「焉」，粵語讀陽平聲，普通話則讀陰平聲，語助詞。

釋義 這一章勸人用心向學。年輕人及早用心向學，足

以積學成德；因為他們有這種潛質，所以他們是值得我們敬畏的。如果年輕時不積學成德，到四、五十歲還不以才德見稱，這些人就不值得我們敬畏了。縱使他們現在才發奮，也已經落後很多。

　　孔子的意思並不是刻意輕視一般德行不顯著的人。這番話的重點在「後生可畏」，然後用對比的方法，勸勉年輕人及早向學成德，希望將來可以見到多一些聖賢君子。一個國家由聖賢君子去治理，就會是一個有制度的國家；國家有制度，才會安定、先進、繁榮。

玉不琢，
不成器。

原文　《韓詩外傳》卷二：「玉不琢，不成器；人不學，不成行。」

語譯　璞玉不經過琢磨，就不會成為有價值的物件；人不向學，就不會培養出良好的品德。

釋文　「琢」，《廣韻》：「竹角切。」粵語變讀〔ˉdœk〕，中入聲。

釋義　這一章和上一章「後生可畏」一樣，是勉勵我們向學的。璞玉的本質雖然好，也要經過琢磨才顯露出來。

人的本質未必都好，才高學博而作姦犯科的大有人在；向學尚且未必培養出良好的品格，何況不向學呢？

《禮記‧中庸》：「博學之，審問之，慎思之，明辨之，篤行之。」這就是琢磨成器的過程。鼓勵年輕人博學、審問、慎思、明辨，以及一心一意地實行所學，是家長和老師的共同責任。

學如不及，
猶恐失之。

原文　《論語・泰伯》：「子曰：『學如不及，猶恐失之。』」

語譯　孔子説：「求學問要像快要來不及一般，還要恐怕錯失時機。」

釋義　學習一定要抱着勿失時機的態度，不然讓歲月白白流逝，很難有成。

　　學問是可貴的，它使我們更能了解人生的道理。學問既然可貴，我們當然不願意失去學習的機會。

在這個日新月異的時代，如果我們不抱着「學如不及，猶恐失之」的態度，恐怕很難在社會上立足。

　　《荀子・勸學》：「君子曰：學不可以已。」即勸告我們不可以停止學習，因為可以讓我們學的實在太多了。現代社會強調終身學習，實在很有道理。只有不斷學習的人才會日新其德。

獨學而無友，
則孤陋而寡聞。

原文　《禮記・學記》：「獨學而無友，則孤陋而寡聞。」

語譯　如果只顧獨自學習，而沒有朋友和他論學，這個人便會變得偏頗鄙陋，寡於見聞。

釋義　道理往往要經過討論方能領悟到。討論除了分享知識外，更能引發思考，促成對學問的深入探討，從而領悟學問背後的道理。

　　「獨學」包括獨自思考。在獨學和獨思過程中，錯了沒有人指正，偏了沒有人引導，於是思考容易變得偏頗，學問容易變得膚淺。一個人的見聞，怎麼也不及幾個人

的見聞那樣廣博。所以，在學習過程中，能夠和志同道合的人論學，可以避免走冤枉路。除了學問會更精深之外，見聞也一定會更廣博。

古人常鼓勵我們不獨學。《論語‧學而》：「有朋自遠方來，不亦樂乎。」《周易‧兌象》：「麗澤，兌。君子以朋友講習。」都強調「不獨學」在學習過程中的重要性。

不僅做學問，謀劃時也一樣需要「友」，所謂「集思廣益」，經過討論而作出的決定往往比未經討論而作出的決定更為明智。

每事問。

原文　《論語・八佾》:「子入太廟，每事問。或曰:『孰謂鄹人之子知禮乎？入太廟，每事問。』子聞之曰:『是禮也。』」

語譯　孔子進太廟，對每件事都發問。有人說:「誰說這鄹人的兒子懂得禮呢？他進太廟，對每件事都發問。」孔子聽到這些話，便說:「這正是禮呀。」

釋文　「鄹」，音「鄒」，春秋魯邑，孔子故鄉。

釋義　「入太廟，每事問」又見於《論語・鄉黨》。引文的「太廟」指魯國的太廟，是供奉周公的。太廟和殿廷一般，

是很莊嚴的地方。孔子雖然熟悉禮法，但是在太廟裏面，每件事都去請教管太廟的人，以免舉止不合於禮。而「問禮」本身就是禮。

無論我們讀書還是做事，「每事問」是一個很合理的座右銘。只有每事問，才會有進益。

小孩子天生好奇，喜歡不停地發問。這是博學、審問的前奏，父母最好不要因感到厭煩而加以禁止。禁止發問恐怕會阻礙小孩子心智的發展。

好問則裕，
自用則小。

原文　《尚書・仲虺之誥》：「好問則裕，自用則小。」

語譯　喜歡向人求教的就變得充裕，一意孤行的就變得不足。

釋義　這本來是商湯的臣子仲虺（音「毀」）勸勉人君的話。不過，這些話對一般人也很合用。在求知過程中，多問必然多得。「好問」對增進學識和培養德行都很有幫助。「自用」即自以為是，行動全憑己意，不聽人言。自用的人一定不好問，是以學養亦會不足。

以往一般老師並不鼓勵學生在課堂上多發問，他們可

能認為問得太多就等於向老師的權威挑戰。不過，如果不讓學生多發問，不但剝奪了他們求知的權利，更會使他們由「不敢問」變成「不好問」。

因不敢問而不好問的人會失去自信，難成大器。自用的人不願多聽意見，所以也不好問。自用的人看問題會流於片面，所以較容易作出錯誤的決定，欲裕反小。

〈仲虺之誥〉出偽古文《尚書》。* 後唐周知裕字好問，金元好問字裕之，明耿裕字好問，皆本於「好問則裕」。

---

* 東晉元帝時，梅賾（音「擇」）奏上西漢孔安國作傳的古文《尚書》，較東漢馬融、鄭玄作注的今文《尚書》多出二十五篇。唐孔穎達作《尚書正義》，採用孔傳版本；又據南齊姚方興奏上的古文〈舜典〉，把《尚書》冠首篇〈堯典〉分為〈堯典〉和〈舜典〉兩篇。宋儒開始懷疑孔傳的真實性；清儒更力證其偽，於是稱孔傳為「偽孔傳」，並合稱所增加的二十五篇為「偽古文《尚書》」。雖然如此，偽書並非無所根據，所以一樣具有參考價值。

十六

業精於勤荒於嬉，
行成於思毀於隨。

原文　唐韓愈〈進學解〉：「業精於勤荒於嬉，行成於思毀於隨。」

語譯　學業因勤奮而進益，因嬉遊而荒廢；德行因思考而有成，因不用心而損毀。

釋文　「行」作「德行」解，粵語讀如「杏」，陽去聲。普通話仍讀陽平聲。

釋義　這兩句話是韓愈用來教誨學生的。不過，對於在社會做事的人，這兩句話依然適用。我們要自己的事業有進益，何嘗不須要勤奮。縱使我們已經退休，每天只

做做柔軟體操，也要持之以恆，才可以保持身體健康。能夠持之以恆，就是「勤」了。

　　思考是學習過程中最重要的一環。學而不思，就不能了解學問的真義，不能培養出良好的品格，「學」就變成白費心機了。

少壯不努力，
老大徒傷悲。

原文 〈長歌行〉之「青青園中葵」末四句：「百川東到海，何時復西歸？少壯不努力，老大徒傷悲。」

語譯 數以百計的河流向東流到大海去了，甚麼時候才向西回流？不趁少壯時多努力，到老大時傷悲也沒用了。

釋義 宋郭茂倩《樂府詩集》卷三十〈相和歌辭〉在〈長歌行〉題下引《樂府解題》：「『青青園中葵，朝露待日晞。』言芳華不久，當努力為樂，無至老大乃傷悲也。」可知原文的「努力」，本來是努力為樂的意思，即勸人及時行樂。不過，現在我們都習慣以「少壯不努力」兩句來勉勵人當趁少壯之年，努力向學。《禮記‧曲禮上》：「三十曰壯。」

少壯即是三十多歲或更年輕的時候。如果我們不利用年輕時努力向學，到了老年要向學恐怕已有心無力了。

在這個人浮於事的社會，有一技之長的人尚且不容易找到事做，那些不努力向學，終至一無所長的人，又怎能夠在社會立足呢？到時為了生存，可能會誤入歧途，作奸犯科，結果身陷囹圄，那時候，真是「徒傷悲」了。

十八

鸚鵡能言，

不離飛鳥；

猩猩能言，

不離禽獸。

崇禮

十九
禮之用，
和為貴。

鸚鵡能言，不離飛鳥；
猩猩能言，不離禽獸。

原文 《禮記‧曲禮上》：「鸚鵡能言，不離飛鳥；猩猩能言，不離禽獸。今人而無禮，雖能言，不亦禽獸之心乎？」

語譯 鸚鵡能夠學人言語，但到底還是飛鳥；猩猩能夠學人言語，但到底還是走獸。如果一個人不守禮，雖然他能言語，但他的心不也和禽獸的心一樣嗎？

釋文 讀古文時，「離」作及物動詞讀去聲，音「利」；例如「離羣」讀如「利羣」。普通話仍讀陽平聲。《說文》：「禽，走獸總名。」「禽」解作「鳥」是漢以後的事。

釋義 這一章勸人凡事守禮。我們用禮來節制日常生活，

使我們互相尊重，和平共處。通過禮，我們的感情得到適當的發揮。所以結婚有婚禮，讓親友表示喜悅；人死了有喪禮，讓親友表示哀悼。禮是一切制度的根本。一個國家沒有健全的禮制，就不會有健全的法制，人們就會無所適從，國家就不會安定，不會有進步。

用鸚鵡和猩猩做比喻雖然誇張了一點，卻相當生動。鸚鵡、猩猩和人有一個共通點，都能言語。人之所以和鳥獸不同，就是人能夠自覺地接受禮法的約束。一個人如果不接受禮法的約束，恐怕他的心還比不上鳥獸的心。因為一個不受禮法約束的人必然是一個自私和蔑視法紀的人，足以害人害物。

禮之用，
和為貴。

原文　《論語‧學而》：「有子曰：『禮之用，和為貴；先王
之道，斯為美，小大由之。有所不行：知和而和，不以禮
節之，亦不可行也。』」

語譯　有子說：「禮的作用，和諧是最可貴的；過去聖主
明君治國之道，以此為最好，小事大事都以和諧為原則。
但和諧也有行不通的地方：只知道為和諧而和諧，而不
用禮來加以節制，也是行不通的。」

釋義　有子即有若，是孔子的學生，容貌酷肖孔子。他
認為禮最大的作用是使大家和諧相處。大家守禮，言行
有了節制，爭執自然少了。

以禮達至的「和」很可貴，但沒有禮節制的「和」卻不然。如果為了與人相處和諧而一起去做一些違禮的事，那就是本末倒置。法建於禮，違禮很容易演變成違法。所以，不受禮節制的「和」，最終恐怕也會變成「不和」。

　　換一個角度來看，對事物持不同意見並不表示不和。只要依禮和依法表達和交換意見，那就是「和而不同」而已。一個開明的政府一定會容許人民依禮和依法表達不同的意見。如果人民不獲容許表達不同的意見，「不和」便會隨之而來。

二一

金剛則折，

革剛則裂。

二十

天道虧盈而益謙，

地道變盈而流謙；

鬼神害盈而福謙，

人道惡盈而好謙。

謙讓

二三
夫唯不爭，
故天下莫能與之爭。

二二
日中則昃，
月盈則食。

天道虧盈而益謙，
地道變盈而流謙；
鬼神害盈而福謙，
人道惡盈而好謙。

原文　《周易・謙彖》：「天道虧盈而益謙，地道變盈而流謙；鬼神害盈而福謙，人道惡盈而好謙。」

語譯　天的一貫道理是減損盈滿而增益謙退；地的一貫道理是改變盈滿而流布謙退；鬼神會傷害盈滿而福惠謙退；人的常性都憎惡盈滿而愛好謙退。

釋文　「惡盈」的「惡」作及物動詞讀「烏」的陰去聲。「好謙」的「好」作及物動詞讀陰去聲。兩個字普通話都讀去聲。

釋義　這一章勸勉我們謙遜。

減損盈滿而增益謙退，是天地、人鬼神的通性。

太陽升到最高點，就開始傾側了。月亮最滿時，就開始缺了。而早晨的太陽因為在低處，卻可以高升，缺月亦會慢慢變圓。所以天道是減損盈滿而增益謙退的。高山的沙石，逐漸向下流失，跌進山谷、江河等下陷的地方，所以地道是改變盈滿而流布謙退的。驕傲自滿的人很容易失敗，令人覺得鬼神也討厭他們而害他們，使他們失敗；而謙虛的人因為虛心受教，往往就會成功，令人覺得鬼神也願意降福給他們。至於人：我們也必然憎惡那些盈溢驕慢的人而喜歡謙虛的人。既然我們喜歡別人謙虛，我們就不要忘記，別人也是喜歡我們謙虛的。

金剛則折，
革剛則裂。

原文 《説苑・敬慎》：「〔齊〕桓公曰：『金剛則折，革剛則裂；人君剛則國家滅，人臣剛則交友絕。』」

語譯 〔齊〕桓公説：「金屬太剛就容易折斷，皮革太剛就容易破裂；君主太剛就會使國家滅亡，一般人太剛就會失去朋友。」

釋義 做人處世固然不能太柔弱，太柔弱容易遭人欺侮。但是剛愎自用就「過猶不及」。統治者剛愎自用，自然不喜歡聽規諫的話。久而久之，就沒有人敢向他進言，以至無從自知過錯，終於做出禍國殃民的事。

剛愎自用的人一定不謙讓，而我們既然都惡盈好謙，又怎會喜歡和剛愎自用的人交往呢？一個過分剛強、沒人喜歡的人，早晚會變得孤立無援。

　引而申之，領導者就要廣開言路，虛心多聽別人的意見，而以自己的智慧作出取捨。有時候，「愚者千慮，必有一得」之言是不可忽視的。

　我們向領導提出意見時，語氣要平和，切忌傲慢，否則挫折可能會隨之而來。

== 二二

日中則昃，
月盈則食。

原文　《周易·豐彖》：「日中則昃，月盈則食。天地盈虛，與時消息。而況於人乎？況於鬼神乎？」

語譯　太陽過了正中點便會傾斜，月亮到了滿盈時便會缺。天地一盈一虛，都跟隨自然規律，到了適當的時候便會消退或生長。這個規律，天地也要跟隨，何況人呢？何況鬼神呢？

釋義　這一章有兩層意義。第一層意義是凡事不適宜過中，要適可而止。換言之，這是勸告我們要謙遜禮讓，不要自滿，因為滿會招損。

我們如果常常保持「不自高」、「不自滿」的態度，處事就會順利得多。我們處事要有「直方大，不習无不利」(坤六二爻辭)的自信，但切勿自滿。自滿的人除了令人厭惡之外，更可能因自以為是而作出錯誤的決定，誤己誤人。

　　第二層意義，是要我們明白天道循環的道理，因為天地盈虛，是與時消長的。換句話說，每樣事物都不能長久維持現狀。所以，我們只要盡了自己的本分，得失存亡，就不要太介懷了。而事實上，一位仁人君子，對得失必然看得很輕。最要緊的還是問心無愧。

夫唯不爭，
故天下莫能與之爭。

原文 《老子》：「夫唯不爭，故天下莫能與之爭。」

語譯 就是因為他不與人相爭，所以天下沒有人能夠與他相爭。

釋文 「夫」音「扶」，陽平聲，發語詞。

釋義 這一章的思想看來很消極，但蘊含着深意。一個好爭奪的人，慾念自然越來越大，無法滿足。而且「寵辱若驚」（《老子》），精神自然痛苦。如果心中不存爭奪之念，凡事但求心安理得，縱使得不到應有的待遇，心境仍然可以保持寧靜。況且一個「不爭」的人自然謙讓，一個

謙讓的人自然受人愛戴。基於「滿招損，謙受益」（偽古文《尚書‧大禹謨》）的道理，一個謙遜無爭的人未必會吃虧。

有人的地方就有紛爭，但並非每個人都想捲入紛爭之中。如果要遠離煩惱，我們就要盡量遠離紛爭。

有平靜的心境，才能專心工作和學習。多想「施」，少想「受」，會比日夜盤算如何爭權奪利開心得多。「不爭」給我們的啟示是：時刻保持平常心。只有以平常心看待人生的際遇才會有真正的快樂。

二六
己所不欲，
勿施於人。

二五
不患人之不己知，
患不知人也。

二四
君子不以其所能者病人，
不以人之所不能者愧人。

仁恕

二八
既往不咎。

二九
不癡不聾，
不作阿家阿翁。

二七
交絕不出惡聲。

二四

君子不以其所能者病人，
不以人之所不能者愧人。

原文　《禮記‧表記》:「子曰:『仁之難成久矣，惟君子能之。是故君子不以其所能者病人，不以人之所不能者愧人。』」

語譯　孔子說:「自古以來，要養成仁德總是很難的事，只有君子能夠做得到。正因為這樣，君子不會以其所能去咎病別人，也不會以別人所不能去嘲弄他們。」

釋義　我們立身處世，當然希望自己有成就。能夠成為成仁取義的聖賢固然很了不起，不過談何容易。就算要有一般的成就吧，我們也要努力不懈，不斷進修，不斷鍛鍊自己。我們能夠有一技之長，是應該覺得安慰的，但

這並不表示我們可以自滿自傲。可能就某一些技能來說，別人的資質沒有你這樣好。正因如此，所以你的成就比他們高。可是，作為一個有修養的人，你當然不會因為你在某些技能上有卓越的才華，而取笑和責怪別人沒有，因而使他們覺得罪咎、慚愧。因為一個君子不論有多大的學問，有多卓越的技能，他仍然是謙讓的。只有大家保持謙讓，才可以愉快和洽地相處。而且人不是萬能的，如果你只知道以你所能去使人感到罪咎，別人也會以你所不能來使你感到慚愧。

不患人之不己知，
患不知人也。

原文 《論語·學而》:「子曰:『不患人之不己知，患不知人也。』」

語譯 孔子說:「我們不應當憂慮他人不賞識自己，只應當憂慮自己不懂得賞識他人。」

釋義 凡事為自己設想，是人之常情。但是，如果我們過於為自己設想，就會變得越來越自私。自私的人不會有真正的朋友，因為自私的人也不能成為別人的真正的朋友。

我們有時會過於重視自己的成就而忽視他人的成就，

又喜歡強調自己的委屈而不理會他人的苦衷。一個責人而不責己、顧己而不顧彼的人，是不能成就大事的。只有奉行恕道、推己及人的君子才有資格成就大事。所以，我們不要因為他人不欣賞自己的成就或者不了解自己的苦衷而覺得不開心，反而我們要擔心自己未能欣賞別人的成就和了解別人的苦衷才是。孔子說：「人不知而不慍，不亦君子乎。」（見《論語‧學而》。語譯是：「雖然別人不知道自己有大學問〔上承「學而時習之」〕，可是自己不會因此而不高興，這不是很有君子之風嗎？」）就是這個意思。

己所不欲，
勿施於人。

原文　《論語‧衞靈公》:「子貢問曰:『有一言而可終身行之者乎?』子曰:『其恕乎。己所不欲，勿施於人。』」

語譯　子貢問:「有一句話可以終身照着實行的嗎?」孔子說:「那是『恕』了。自己不希望別人加在自己身上的，不要加在別人身上。」

釋義　「己所不欲，勿施於人」亦見《論語‧顏淵》，是孔子對仲弓說的。

　　這一章和上一章「不患人之不己知，患不知人也」有異曲同工之妙。換句話說，上一章等於「己所欲，施於

人」。自己希望別人認識自己，所以推想別人也喜歡為人
所認識，於是自己就去認識別人了。這一章從負面看恕
道，你不希望別人對你無禮，那你就不要對別人無禮了；
你不希望別人在背後說你的壞話，那你就不要在別人背
後說他們的壞話了。能夠體諒別人，就是恕。

　　恕是每一位仁人君子所具備的美德。如果人與人之
間交往都奉行恕道，社會就不會有階級鬥爭和種族歧視。
如果每一位教徒都奉行恕道，世界上就不會有現在這麼
多宗教戰爭，他們的「神」也許會感到安慰些。

交絕不出惡聲。

原文 《史記・樂毅列傳》:「臣聞古之君子,交絕不出惡聲;忠臣去國,不絜其名。」

語譯 臣〔樂毅對燕惠王自稱〕聽說古代的君子,與人斷絕交往後並不說人壞話;忠臣離開本國,不會洗淨自己的名聲。

釋文 這段文字亦見於《戰國策・燕策二》,「忠臣去國,不絜其名」作「忠臣之去也,不潔其名」。

釋義 戰國時,樂毅獲燕昭王寵任,封昌國君;出兵攻齊,五年內下齊七十餘城。燕昭王死後,兒子燕惠王中

了齊國的反間計，以為樂毅快要叛變，於是急召樂毅回國。樂毅恐有詐，乃投靠趙國，並得到趙王寵信，封為望諸君。樂毅去後，齊大破燕軍，收復失地。惠王後悔，又恐樂毅率趙軍攻燕，於是使人面責樂毅，指他忘記了先王的恩德，並勸他回國。樂毅乃獻書燕王，表明心跡。燕王醒悟，封樂毅的兒子樂閒（即「間」，讀陰平聲）為昌國君。而樂毅終身得以往來燕趙，使兩國通好。

君子與朋友交，會因為「道不同」而「不相為謀」，以免違背個人原則。但他不會對不相往還的朋友加以詆譭，強調對方的「非」以顯出自己的「是」，因為「君子無所爭」。仁者雖然「能惡人」，但不會懷恨，更不會做出「己所不欲」而「施於人」的事。如果自己不想被人惡意中傷，又怎會惡意中傷別人呢？因此，一個交絕不出惡聲的人反而會得到別人的尊敬——包括不相往還的朋友。

二八

既往不咎。

原文 《論語・八佾》：「〔魯〕哀公問社於宰我。宰我對曰：『夏后氏以松；殷人以柏；周人以栗，曰：使民戰栗。』子聞之曰：『成事不說，遂事不諫，既往不咎。』」

語譯 〔魯〕哀公問宰我有關社樹的問題。宰我答道：「夏代用松；殷代用柏；周代用栗，意思是使人民戰慄。」孔子聽到了這話，便說：「已完成的事不要再去解釋，已做出的事不要再去規勸，已過去的事不要再去責備。」

釋文 「咎」，《廣韻》：「其九切。」音「舅」，陽上聲；陽上作去則音「舊」，陽去聲。不過現在粵語一般都讀如「救」，陰去聲，嚴格來說並不正確。可是這個錯讀由來已久，恐怕很難改正了。普通話讀如「救」，去聲。

釋義 「社」是祀土神的地方。古時一個國家建立之後，必立社以祀土。舊說認為社樹必因土地之所宜。夏都安

邑，宜松；殷都亳，宜柏；周都豐鎬，宜栗。因為當時「戰慄」的「慄」寫作「栗」，所以孔子的學生宰我（名予，字子我）附會「栗」的音義，妄為之說。孔子知道後，不以為然。但話已說了沒辦法挽救。於是孔子說了上述幾句話，表示不打算追究過錯，只希望宰我日後謹慎言行。

不過舊說似乎未盡可靠。細察孔子的話，「使民戰慄」一說應該是以往的事，而宰我只不過採用成說。成說強調以威服人，與孔子學說相違。《論語‧為政》：「子曰：『道之以政，齊之以刑，民免而無恥。道之以德，齊之以禮，有恥且格。』」可見梗概。不過，「使民戰慄」一說既然是以往的事，孔子也不想再提出來批評，所以便說：「既往不咎。」

「既往不咎」是很實用的處世方法。每個人都不免犯錯誤；如果我們對別人的小錯誤過於介懷，動輒埋怨、責備，不但損害友誼，而且影響自己的心情。能夠做到「既往不咎」，凡事留點餘地，到自己犯錯誤的時候，別人也許會比較容易原諒自己。

當然，如果對方因為你「既往不咎」而不知悔改，他便是一個小人。小人是應該疏遠的。

不癡不聾，
不作阿家阿翁。

原文 唐趙璘《因話錄・宮部》：「郭曖嘗與昇平公主琴瑟不調。曖罵公主：『倚乃父為天子耶？我父嫌天子不作。』公主恚啼，奔車奏之。上曰：『汝不知，他父實嫌天子不作。使不嫌，社稷豈汝家有也。』因泣下，但命公主還。尚父拘曖，自詣朝堂待罪。上召而慰之曰：『諺云：「不癡不聾，不作阿家阿翁。」小兒女子閨幃之言，大臣安用聽。』錫賚以遣之。尚父杖曖數十而已。」

語譯 郭曖〔郭子儀第六子〕曾經跟昇平公主〔唐代宗第四女〕夫婦不和。郭曖罵公主：「你恃着你的父親是天子嗎？我的父親嫌天子不好當所以不當罷了。」公主很憤怒地大哭，立即坐馬車趕到父親面前奏明郭曖所説的話。

誰知代宗説：「你有所不知，他的父親確實嫌天子不好當所以不當。如果他不嫌棄，這個天下怎會是你家〔即我們家〕所有呢？」説完自己也哭起來，只命令公主回家去。尚父〔郭子儀的尊稱〕知道這件事，立刻把郭曖拘禁，親自到朝堂等候皇帝降罪。代宗召見他，並且安慰他説：「俗語説：『人不癡呆，耳又不聾，就不能做婆婆和公公。』一對小兒女在閨房裏説的話，大臣〔唐代宗尊敬郭子儀，不敢直呼其名，但稱大臣〕何必聽呢？」接着還賞賜了他才請他離去。郭子儀回去，打了郭曖數十杖就算了。

釋文　「曖」音「愛」。「恚」，粵語讀如「畏」（〔ˉwɐi〕），陰去聲；普通話讀如「慧」（〔huì〕），去聲。「尚父」的「父」讀陰上聲。「阿家阿翁」的「阿」，作為發語詞，《正字通》音「渥」，《韻會小補》音「屋」，都作入聲讀。現在「阿」字粵語讀〔ˉa〕，陰去聲，普通話讀〔ā〕，陰平聲。「家」讀如「姑」，意義相同。「阿家」即「阿姑」，婦人稱丈夫的母親，即「婆婆」；「阿翁」是丈夫的父親，即「公公」。

「錫」是「賜」的意思。「賚」音「睞」，陽去聲（普通話讀去聲），也是「賜」的意思。

釋義　郭子儀是唐朝中興的大功臣，權傾朝野，但是忠心耿耿，唐代宗很尊敬他，還和他結為姻親。唐代宗的修養，跟郭曖夫婦的修養，正好是一個強烈對比。郭曖口不擇言，一句「我父嫌天子不作」，在專制社會裏，是足以使滿門抄斬的。而昇平公主立即往奏父皇，也是非常不顧後果的做法，可以牽連數以百計的性命。幸而唐代宗有這樣寬宏的度量，只幾句話，立即使大事化小，小事化了。這不但顯出他的仁恕，而且符合「小不忍則亂大謀」的道理。

　　普通人器量狹隘，往往因為一時意氣，但求發洩心頭之憤，不肯饒人，很容易使好朋友變成大敵人。對別人無心之失，如果不加追究，不但自己心境可以保持舒暢，還可以贏得對方的感激，使他對你永遠忠心。

《箴言精選》(1983)

三一

閑邪存其誠，
善世而不伐。

三十

積善之家，
必有餘慶；
積不善之家，
必有餘殃。

慎微

三二
肉腐生蟲，
魚枯生蠹。

積善之家，必有餘慶；
積不善之家，必有餘殃。

原文　《周易‧坤文言》：「積善之家，必有餘慶；積不善
之家，必有餘殃。」

語譯　多行善事的家庭，一定有很多福蔭；多行不善的
家庭，一定有很多災殃。

釋文　「慶」是「福」的意思。唐陸德明《經典釋文》卷
二〈周易音義〉沒有「慶」字注音。而《周易》象辭「慶」
字與「光」、「常」、「剛」、「亡」、「祥」、「藏」等字協
韻。《漢書‧揚雄傳上》載揚雄〈反離騷〉：「慶夭頟而
喪榮。」唐顏師古〈注〉：「『慶』讀與『羌』同。」又載揚
雄〈甘泉賦〉：「厥高慶而不可虖疆度。」顏師古〈注〉：

「『慶』讀如『羌』。」「慶」和「羌」在上古是同音字。中古時，「慶」變讀去聲，「羌」仍讀平聲；兩字韻母不同，但聲母仍然相同。現在普通話「慶」（〔qìng〕）和「羌」（〔qiāng〕）仍然是同聲母字。粵語「慶」（〔ˉhiŋ〕）和「羌」（〔ˈhœŋ〕）本也是同聲母字；後來我們讀「羌」如「姜」（〔ˈgœŋ〕），兩字的聲母便不再相同了。

　　如果「積善之家」四句同讀，「慶」字粵語不妨讀（〔ˈhœŋ〕），普通話不妨讀〔qiāng〕，以求與「殃」字協韻。如果只讀首兩句，就無此需要了。

釋義　一個多行善事、樂於助人的家庭，每個人都心境安泰，這已經是一種福氣了。而且受惠的人總有些會感恩圖報的，所以，這個積善之家，一定會有很多意想不到的好處。

　　相反地，一個多行不善的家庭，是充滿憤怒、憂慮和

恐懼的。而且，行不善跟行善一樣，欲罷不能，總有一天會招致別人報復，或者觸犯刑典，受到法律制裁。所以，積不善之家遲早會有災殃。

我們選擇人生的途徑，一定要謹慎。因為我們起步時有足夠的自覺能力，久而久之，我們的自覺能力便減弱了。所以，如果我們自覺地選擇了行善的道路，日後也不自覺地行善，那就很好；如果我們自覺地選擇了行不善的道路，日後也不自覺地行不善，那麼後果就不堪設想了。

《樂聲箴言》(1984)

閑邪存其誠，
善世而不伐。

原文　《周易・乾文言》：「閑邪存其誠，善世而不伐，德
博而化。」

語譯　他能防禦邪惡，因內存誠意；他為善於世，卻不
矜誇功勞；他的德行廣博而能化俗。

釋文　《說文解字》：「閑，闌也，從門中有木。」引伸為
防禦之意。《廣韻》：「閑，……防也，禦也。……」

　　「善」作為及物動詞，解作「助」、「利」、「益」或「有
助於」、「有利於」、「有益於」。《孟子・盡心上》：「窮則
獨善其身，達則兼善天下。」《韓非子・五蠹》：「鄙諺曰：

『長袖善舞，多錢善賈。』此言多資之易為工也。」其中
「善」字都作如是解。

釋義 人性在軟弱的時刻，最容易受邪惡所侵蝕。要防
止邪惡的言行相侵，我們便要培養至誠之心。至誠則明，
明則能分辨善惡，洞悉奸邪。只要腳踏實地，做事認真，
不作虛妄非分之想，便能培養出誠摯的心和堅定的意志，
使自己免被邪惡所引誘而誤入歧途。既有誠意和分辨善
惡的能力，自能擇善固執，為善於世而不妄自尊大，終而
感動民眾。為人師者和從政者更要內存誠意。能以誠待
人，才有化俗的能力。

三二

肉腐生蟲，
魚枯生蠹。

原文 《荀子·勸學》：「肉腐生蟲，魚枯生蠹。怠慢忘身，禍災乃作。」

語譯 肉腐壞了便生蛆蟲，魚乾枯了便生蠹蟲。如果我們懈怠疏忽，忘了自身的安危，禍災便會在我們身上發生。

釋文 「肉腐生蟲」或作「肉腐出蟲」。「蠹」，粵語讀如「妒」，陰去聲；普通話也讀如「妒」，去聲。

釋義 當我們見到一塊肉生滿蛆蟲，我們就知道這塊肉已經變壞了；當我們見到一條魚生滿蠹蟲，我們就知道

這條魚已經變壞了。但是，一塊開始變壞的肉並不是立即生蟲的，一定過了一段時間才會生蟲。當肉開始變壞的時候，我們還可以制止它生蟲。如果那時候我們還不想辦法，再過些時候便不可收拾了。

同樣地，我們要常常檢討自己，警惕自己，不要使自己的品行像腐肉般變壞。我們要防患未然。如果我們不謹於個人修養，言行一定不正；不改正言行就是「忘身」，早晚會惹禍。

如果我們不希望因「忘身」而惹禍，就要修身。如果我們抵受不住這個花花世界的引誘，生了妄念，就要及早把妄念驅除；如果自己沒有堅強的意志去克服內心的妄念，可以求好朋友幫忙，給自己精神支持。如果我們讓心靈生蟲生蠹，到頭來一定不能自拔。

＊**慎微**＊　85

三五
多聞闕疑，
慎言其餘，
則寡尤。

三四
多言數窮，
不如守中。

三三
無多言，
多言多敗。

慎言

三六

巧言亂德，小不忍則亂大謀。

三七

婦有長舌，為厲之階。

無多言，
多言多敗。

原文 《説苑‧敬慎》：「孔子之周，觀於太廟。右陛之前，有金人焉，三緘其口，而銘其背曰：『古之慎言人也。戒之哉，戒之哉。無多言，多言多敗。……』」

語譯 孔子到了西周的首都鎬〔音「浩」〕京，進太廟觀看。右面陛階之前，有一個銅鑄的人像，嘴被封了三次；背部刻了一段銘文：「這是古時一位説話很小心的人。我們一定要警戒自己，一定要警戒自己。不要多説話，多説話便會多敗壞。……」

釋文 「緘」音「監察」的「監」，陰平聲。「銘」音「名」，陽平聲。「銘」是「記」的意思，尤其指刻在金石上的文字。

釋義 這段記載亦見《孔子家語・觀周》。

　　説話太多的確是有百害而無一利的：對自己身體不好，因為多言會使中氣虧損；給人印象不好，因為人家會認為我們只會空談，不會實幹；多言又容易失言，失言容易誤事。失言也容易開罪他人，輕者朋友反目，重者性命難保。很多打鬥、殺人，都是失言的結果。在專制社會，在君主面前失言，可以立招殺身之禍。所以「金人銘」的「無多言，多言多敗」是值得我們深思的。

多言數窮，
不如守中。

原文 《老子》:「多言數窮，不如守中。」

語譯 説話太多，按理終會陷入絕境；倒不如停留在沖虛、中和的狀態。

釋文 《管子・霸言》:「功得而名從，權重而令行，固其數也。」唐房玄齡〈注〉:「數猶理也。」《呂氏春秋・貴直論・壅塞》:「世之直士，其寡不勝眾，數也。」後漢高誘〈注〉:「數，道數也。」「道數」即「道理」。

釋義 從養生角度來看，多言傷氣，因而損害健康。從保身角度來看，言多必失，失言易招禍患，甚至殺身之

禍，古今皆然。所以西晉阮籍為了避禍，才會「口不臧否人物」。此條可與《老子》的「大盈若沖，其用不窮」同看。

在今天比較開明自由的社會中，多言也並不值得鼓勵，主要還是因為多言會引致失言。說話貴在適可而止，讓別人聽得明白和不會感到厭煩。在社交場合因多言而失言，就會失去朋友；在公事上因多言而失言，就會自毀前途。到時就後悔莫及了。

三五

多聞闕疑，
慎言其餘，
則寡尤。

原文 《論語・為政》：「子張學干祿。子曰：『多聞闕疑，慎言其餘，則寡尤；多見闕殆，慎行其餘，則寡悔。言寡尤，行寡悔，祿在其中矣。』」

語譯 子張想學做官。孔子說：「留心多聽，有疑問的不要採用，謹慎地說出其餘，過錯自然少；留心多看，會出毛病的不要採用，謹慎地實行其餘，懊悔自然少。說話少過錯，行動少懊悔，官祿就在其中了。」

釋義 這一章講及「慎言」和「慎行」，這裏就「慎言」談一談。我們遇到不明白的事理，固然不要人云亦云。縱使是我們明白的事理，也要謹慎地說出來，不要言過其

實。這是每個人應有的敬慎態度。沒有疑問的事物我們尚且要「慎言」，何況是有疑問的事物呢！

不闕疑就是不慎言。一個不慎言的人動輒犯錯誤，很難得到別人的信任。

同時，對於不明白的事理，我們不妨本着求真的精神，通過學、問、思、辨去理解。識見越廣的人越知道自己不足之處，言行越謹慎，所以犯大錯的機會就越小。

巧言亂德，
小不忍則亂大謀。

原文 《論語・衛靈公》：「子曰：『巧言亂德，小不忍則亂大謀。』」

語譯　孔子說：「修飾工巧的言辭，足以敗壞道德；小事沈不住氣，便會敗壞大謀略。」

釋義　修飾工巧的言辭，雖然動聽，但是沒有實質。一個有德行的人，說話是質樸、沒有花巧的。一個好為巧言的人，但求取悅對方，自己一定沒有操守；沒有操守的人，隨時可以不擇手段以達到目的，敗壞道德也會在所不計。所以孔子說：「巧言亂德。」

其實，一個好為巧言的人每進一言，都可能經過精心設計，一如古今以讒言陷害忠良的姦臣、佞臣，他們的讒言都不會是沒經過設計的。能為讒言的人，當然能為巧言。巧言足以傷害被奉承的人，令他們喪失冷靜判斷的能力。所以我們要疏遠刻意奉承我們的人，以免誤中圈套。

　和巧言一樣具有破壞力的，就是不慎言。要完成一件大計劃，一定要按部就班，沈着應付。如果凡事訴諸意氣，口不擇言，不作適當的忍耐和忍讓，小事也做不成，大事怎會不敗壞？

婦有長舌，
為厲之階。

原文 《詩經・大雅・瞻卬》:「懿厥哲婦，為梟為鴟。婦有長舌，為厲之階。」

語譯 噫！這個多智謀的婦人，變成了聲音醜惡的梟和鴟。婦人有長舌頭，多言語，正是通向禍患的階梯。

釋文 「卬」音「仰」。「懿」通「噫」字，歎息之辭，讀陰平聲。「鴟」音「癡」。

釋義 「婦有長舌」本來是指褒姒而言的。周幽王納褒姒為妃，寵愛有加。其後周幽王廢了申后，立褒姒為后。

經過「烽火戲諸侯」，上下離心，周幽王終於被入侵的犬戎殺於驪山之下。

　　長舌比喻多言語。周幽王昏庸無能，只知道照着褒姒的話去做，弄得政治敗壞，性命不保。所以褒姒的長舌，就是亂政的因由了。

　　其實，不但婦有長舌，任何人有長舌，都是為厲之階。所謂「多言多敗」，又所謂「小不忍則亂大謀」，小不忍的人一定不會慎言，最後也會招惹禍患。

三九

信言不美，
美言不信。

三八

將叛者其辭慙，
中心疑者其辭枝；
吉人之辭寡，
躁人之辭多；
誣善之人其辭游，
失其守者其辭屈。

知言

四十
流丸止於甌臾，
流言止於智者。

四一
良藥苦於口而利於病，
忠言逆於耳而利於行。

將叛者其辭慙，中心疑者其辭枝；

吉人之辭寡，躁人之辭多；

誣善之人其辭游，

失其守者其辭屈。

原文　《周易‧繫辭下傳》：「將叛者其辭慙，中心疑者其辭枝；吉人之辭寡，躁人之辭多；誣善之人其辭游，失其守者其辭屈。」

語譯　當對方快要違叛自己，他的言辭會露出羞慚之意；當對方心中懷疑本身的論調，他的言辭會旁枝而不統一；善良的人說話少，急躁的人說話多；當一個人要誣害善人，他的言辭會浮游不落實；當一個人做了虧心事，失去操守，他的言辭便不會理直氣壯。

釋義　這一章教導我們「知言」。孔子說自己「六十而耳順」（見《論語‧為政》），孟子說：「我知言。」（見

《孟子‧公孫丑上》) 可見孔、孟都有知言的本領。因為言為心聲，不論一個人怎樣會掩飾自己的真感情，他説話時的辭氣往往會出賣他；所以，我們可以從對方的言辭分析他的為人。知言的用處，在於使我們容易知道誰是君子而接近他，又知道誰是小人而防範他。

反過來説，對方也可以從我們的辭氣推斷出我們的為人，所以我們就不要忘記修養身心了。當我們光明磊落，問心無愧，我們根本就沒有甚麼要掩飾。

三九

信言不美，
美言不信。

原文　《老子》：「信言不美，美言不信。」

語譯　可靠的言語，字句未必美麗；經過修飾而美麗動聽的言語，卻未必可靠。

釋義　從字面看，這兩句話似乎相當武斷。不過，如果我們明白「美」的意思，也就會明白這兩句是很有道理的。這裏的「美」應該指浮誇虛偽的修飾，是用來遮掩不可靠的內容的。一個「知言」的人一聽便明白。

　　年輕人閱世未深，很容易受美言所迷惑，誤入歧途，不能自拔。一個美麗的少女一定會聽到很多讚美之言，

如果讚美之言是發自內心的，是真摯的，那並不是《老子》所指的美言；如果讚美之言帶着浮誇虛偽的修飾，説這些話的人，就是別有用心的，那就不可不防了。

政府視為非法的「層壓式推銷術」，指的是一些無良的集團，利用一些年輕人的無知、徬徨和虛榮心，用美言引他們上當，使他們惑於美好前途而付出一大筆錢，向集團買下一大批質量奇劣、無法推銷的貨物；集團還利用回佣的方法，引導他們用同樣不可靠的美言，引誘其他年輕人上當。到頭來，受騙的人不但損失了金錢，而且損失了做人處事的信心。所以，「美言不信」真是很有道理的。

流丸止於甌臾，

流言止於智者。

原文　《荀子・大略》:「語曰:『流丸止於甌臾，流言止於智者。』」

語譯　俗語說:「一顆滾動的彈丸到了坳陷的地方便停下來;無根源的謠言傳到有識智的人那裏便不再擴散。」

釋文　「丸」音「完」，陽平聲。「甌臾」音「謳余」，甌和臾皆瓦器名，兩字合用，指地面坳陷之處，像甌和臾一般。「甌」和「臾」上古都屬「侯」韻部，是以「甌臾」也可當疊韻聯緜字看，意義存乎聲音。

釋義　人的性格充滿弱點，其中一個弱點就是輕信流言。

回顧歷史，我們知道不少君主因為輕信流言而錯害忠良，而有些君主也因為忠良殺逐淨盡而國破家亡。日常生活裏，有不少人輕信流言而失去好朋友，自己也落得身敗名裂。流言害人，的確甚於洪水猛獸。

只有能夠洞悉真偽的智者，才不會被流言所蒙蔽。但是，要成為一個能夠洞悉真偽的智者，絕不容易；要成為智者，其間不知要受過多少失敗的教訓。我們要避免被一些造謠生事的人拖累，凡事就要冷靜，切勿衝動。只有冷靜地分析，才可以判別真偽。

良藥苦於口而利於病，
忠言逆於耳而利於行。

原文　《孔子家語‧六本》:「孔子曰:『良藥苦於口而利於病，忠言逆於耳而利於行。』」

語譯　孔子說:「有功效的藥雖然入口很苦，但對治病有幫助;忠直的言辭雖然不悅耳，但對改良品行有幫助。」

釋文　「逆」是「屰」的假借字。《說文》:「屰，不順也。」「逆，迎也。」「利於行」的「行」，粵語讀陽去聲，普通話讀陽平聲。

釋義　草藥要濃才有功效。濃的藥一定苦，但是利於治病;忠誠真切的話，不假修飾，一針見血，聽起來可能不

好受，但是利於改良品行。反而巧言、美言，雖然悅耳動聽，但都是討好的話，對培養良好品行一點幫助也沒有；而且巧言、美言的人大都居心叵測，還會引人誤入歧途。所以孔子說：「巧言亂德。」《老子》說：「美言不信。」

如果我們有病時卻因良藥味苦而不吃，我們的病就會越來越重，令我們更加痛苦；如果我們犯錯時卻因忠言不悅耳而不聽，我們的品行就會日漸敗壞，而我們的前途也會毀於一旦。

四二
他山之石，
可以攻玉。

四三
知彼知己，
百戰不殆。

知人

他山之石，
可以攻玉。

原文 《詩經‧小雅‧鶴鳴》：「他山之石，可以攻玉。」

語譯 別的山的石頭，可以琢磨我們這個山的璞玉。

釋義 「他山之石，可以攻玉」現在用來比喻能夠規諫自己過錯的朋友。但這兩句話的原意是勸周宣王（厲王子、幽王父）在諸侯國訪求未做官的賢人，任用他們。每個地方的人都有他們的專長和獨特經驗，吸收了異國人的專長和經驗，就會促使本國更加進步了。

　　人性慣於分彼此：分國家，分種族，分黨派，分門戶。不過，一位英明領袖為了大眾的利益，也不妨排除

種族、黨派的成見，務求知人善任。我們普通人，為了進德修業，更加要摒除國家、種族、黨派、門戶的成見，向有才德的人請益，吸收他們的經驗，這對我們立身處世，應該有很大的幫助。

多吸收外國文化，多學習外國科技，擇善而從，正符合「他山之石，可以攻玉」的原則。香港有今天的繁榮、進步，完全因為有他山之石來琢磨這裏的璞玉。現在的香港，已經人材濟濟了。

知彼知己，
百戰不殆。

原文　《孫子‧謀攻》：「知彼知己，百戰不殆；不知彼而
知己，一勝一負；不知彼不知己，每戰必殆。」

語譯　知道對方實力又知道己方實力，交戰多少次也不
會失敗；不知道對方實力而只知道己方實力，會是勝敗
參半；不知道對方實力又不知道己方實力，每戰必敗。

釋文　「知彼知己」有版本作「知彼知己者」。這裏取前
者，以其易於記誦。

釋義　雖然原文是談兩軍對壘的，不過用在日常生活也
很合適。和人鬥智，一定要清楚知道對方的長處和短處，

同時要清楚了解自己的實力，才可以避重就輕，容易取勝。如果只知道自己的實力而不知道對方的虛實，那就不能勝券在握了。還好，有自知之明，能隨機應變，量力而為，所以未必落敗。如果不知道對方的實力，又不了解自己的實力，那就一定落得手足無措，一敗塗地。

《孫子》是一本談兵法的書，所以每一段文字都跟用兵有關。其實，大家和平相處的時候，知彼知己也是待人接物應有的態度。能夠知彼知己，就是能夠推己及人，這才可以做到「己所不欲，勿施於人」，這是完全合乎恕道的。不能知己，是愚昧的，不去知彼，是自私的；又愚昧又自私，怎能在社會立足呢？

四五

與善人居，

如入蘭芷之室，

久而不聞其香。

四四

二人同心，

其利斷金；

同心之言，

其臭如蘭。

慎交

四六

君子之交淡若水，
小人之交甘若醴。

二人同心，其利斷金；
同心之言，其臭如蘭。

原文　《周易‧繫辭上傳》：「子曰：『君子之道，或出或處，
或默或語。二人同心，其利斷金；同心之言，其臭如蘭。』」

語譯　孔子說：「君子的路向，或是出仕，或是處於家
中，或是默然不語，或是議論時政。君臣同心，就好像一
把鋒利的寶劍，堅固的金屬也可以切斷；同心的言論，
會發出蘭草一樣的氣味。」

釋文　「臭」是「氣味」的意思。《說文》：「臭，禽走，
臭〔當是「齅」，《說文》：「齅，以鼻就臭也。」「齅」，俗
作「嗅」，許救切，粵語「齅」、「吼」為同音字，陰去聲；
普通話「齅」、「秀」為同音字，去聲〕而知其迹者犬也。」
「臭」作「難聞的氣味」解是「殠」的假借字。《說文》：

「殟，腐气也。」「殟」字的偏旁「歹」，正寫是「歺」，小篆是「𤯔」，五割切，粵讀是〔ŋat〕，陽入聲。楷書一切從「歹」字偏旁都是從「歺」，包括「死」字在內（「死」字的小篆是「𣦸」）。「歹」並不是「歹徒」的「歹」，「歹徒」的「歹」是後來才發明的字，《説文》沒有。

釋義　君子雖然有治國的才能，卻不是隨便出來做官的；而是有明君則出，無明君則隱，時止則止，時行則行。君子居其位，有言責則言，不居其位，無言責則默。所謂「或出或處，或默或語」，就是説君子善於體察環境而決定自己的進退。「二人同心」指君臣相得。一位英明的領袖，得到賢人輔助，君臣同心，奸邪辟易，所以無堅不摧。而因為君臣同心，所以其中一方面的言論也必定合對方的心意，聽起來就好像聞到蘭草的芬芳一樣，很容易接受。

到後來，「二人同心」這幾句話更擴大到朋友相得了。好朋友結拜可以叫「義結金蘭」，金蘭兄弟、姊妹即結義兄弟、姊妹。

與善人居，
如入蘭芷之室，
久而不聞其香。

原文 《説苑・雜言》：「與善人居，如入蘭芷之室，久而不聞其香，則與之化矣；與惡人居，如入鮑魚之肆，久而不聞其臭，亦與之化矣。」

語譯 和善人相處，像走進滿是蘭草和芷草的房間，逗留久了便聞不到裏面的芳香，這是受氣味同化了。和惡人相處，像走進醃鹹魚的店舖，逗留久了就聞不到裏面的腥臭，這也是受氣味同化了。

釋文 鮑魚是鹽漬魚，氣味腥殠。《説文》：「鮑，饐魚也。」「饐，飯傷溼也。」飯傷溼即是食物（《説文》：「飯，食也。」）有濕氣，經久而腐敗。此義引申，淹漬也是饐。「饐」，乙冀切，音「意」，陰去聲（普通話也讀如「意」，去聲）。「鮑」，本是薄巧切，陽上聲。今粵語依「陽上作去」轉讀陽去聲，普通話也轉讀去聲。

釋義 原文用的是孔子說的話，亦見《孔子家語‧六本》，「蘭芷之室」作「芝蘭之室」。

這一章勸我們慎交。對方是益友還是損友，只有初結交時才可以分辨清楚。結交日久，受了對方的感染，就很難分辨出來。

比如說，你結交了一個君子，他的行為感染了你，導你向善。開始時，你每做一件善事，感受會很深。善事做得多，就成為習慣，久而久之，你就不覺得在行善。但是受惠的人，卻仍然會感激你。相反地，如果你結交了一個損人利己的朋友，受了他的感染，也做起損人利己的事來；久而久之，成了習慣，自己也不覺得是一回事了。但是別人還是討厭你的。

當然，在日常生活裏，每個人的朋友一定不止一個，而且一定有善有惡。不過，如果我們多親近損友，行為越來越壞，我們也會變成其他人的損友。那麼，正人君子就會離開我們了。到我們泥足深陷，恐怕就會成為不能自拔的社會敗類了。

四六

君子之交淡若水，
小人之交甘若醴。

原文　《莊子‧山木》：「且君子之交淡若水，小人之交甘若醴。君子淡以親，小人甘以絕。」

語譯　況且君子的交情像水一般淡泊，小人的交情像甜酒一般甘美。君子的交情雖然淡泊，但是始終親切；小人的交情雖然甘美，但是到底要斷絕。

釋義　君子心平氣和，所以不會過分熱情；而且君子凡事不言利，心中無利，所以一切變成淡泊。君子互相結交，雖然感覺平淡，但默契於道，能夠維持久遠，所以雖淡而親。小人以利交往，因為是互相利用，自然表現得特別熱情。可惜雙方只顧利己，結果一定會為利益發生

爭執。雖然小人的交情像甜酒一般甘美濃烈，但到底還是要斷絕的。

如果我們慎於結交，我們對於無事獻慇勤的朋友，就要知所戒備。

慎交在乎知人，要知人就先要知言，要知言就先要學。學能生智，有智慧才有能力親近君子，疏遠小人。

四七

過而不改，

是謂過矣。

改過

四八

君子之過也，
如日月之食焉。

過而不改，
是謂過矣。

原文 《論語・衞靈公》：「子曰：『過而不改，是謂過矣。』」

語譯 孔子説：「有過錯而不去改正，這真的可以説是有過錯了。」

釋義 這一章勸人勇於改過。人不可能沒有過錯。但是「過而能改，善莫大焉」（見《左傳・宣公二年》：「人誰無過，過而能改，善莫大焉。」這是士季對晉靈公説的話），能夠勇於承認並且矯正錯誤的，才是君子。小人就不勇於承認錯誤，更談不到矯正。《論語・子張》：「子夏曰：『小人之過也必文。』」「文」字讀陽去聲，是文飾的意思

（普通話以去聲為舊讀，現在讀陽平聲）。小人犯了過錯，不但不改，還要加以修飾遮掩；習以為常，過錯就越來越多了。

承認過錯並不是可恥的行為，而是勇敢、可敬的行為。只有承認過錯才會改過，以後才不會犯同樣的錯誤。有過錯而不改，這就是不能原諒的過錯了。

君子之過也，
如日月之食焉。

原文　《論語‧子張》：「子貢曰：『君子之過也，如日月之食焉。過也，人皆見之；更也，人皆仰之。』」

語譯　子貢說：「君子犯過錯，好像日蝕月蝕。犯過錯的時候，大家都看見；改過的時候，大家都仰望。」

釋義　上一章「釋義」提及「小人之過也必文」，「文」是「文飾」。這一章說君子犯了過錯，不會加以文飾，只會徹底加以改正。

　　君子不掩飾自己的錯處，所以大家都看得見。君子品格崇高，如日月之明；犯了錯誤，就如「日月之食」；改

過的時候，就如日蝕月蝕過去，讓人仰起頭來觀看，感到無限敬意。

孔子說：「勇者不懼。」(見《論語‧子罕》、《論語‧憲問》)真正的勇者如果犯了錯，不會害怕認錯，也不會沒勇氣改過。改過即遷善，智者、仁者、勇者都是品格崇高、如日月之明的人，都樂於遷善。肯承認過錯就離遷善不遠了。

五一

無恆產而有恆心者，

惟士為能。

五二

治大國若烹小鮮。

五三

苛政猛於虎。

五十

直方大，

不習无不利。

四九

窮則獨善其身，

達則兼善天下。

為政

五五
如有王者，
必世而後仁。

五四
自古皆有死，
民無信不立。

五六
一年之計，莫如樹穀；
十年之計，莫如樹木；
終身之計，莫如樹人。

五七
雖有周親，
不如仁人。

窮則獨善其身，
達則兼善天下。

原文　《孟子‧盡心上》：「古之人，得志，澤加於民；不得志，脩身見於世。窮則獨善其身，達則兼善天下。」

語譯　古時候的人，如果得志於君國，就會以德澤加於人民；如果不得志於君國，就會修治其身以立於世間。困窮時就只能做有益於一己的事，通達時就同時做有益於天下的事。

釋義　從政的目的是善世。要能善世，就先要守道修身；到時機成熟時，就可以行其道而利天下。這裏強調的是從政者的身教。

孟子說的是為官應有的抱負，這和現實並不一定相同。古今中外為官而兼善天下者恐怕不多，為官而貪腐自肥者卻恐怕不少。他們只會中飽私囊，所謂兼善天下只是公開支持而私下訕笑的陳腔濫調而已。為官的如果只顧自肥，除了遺害國家社會之外，還可能會因坐擁權勢而變得一天比一天貪腐，終於犯下嚴重罪行而受到法律制裁，害了自己。

直方大，
不習无不利。

原文　《周易‧坤六二爻辭》：「直方大，不習无不利。」

語譯　正直、剛毅、有盛德，縱然未熟習其事，也無有
不利。

釋文　《周易‧坤文言》：「直其正也，方其義也。君子敬
以直內，義以方外，敬義立而德不孤。直方大，不習无不
利，則不疑其所行也。」「直其正」者，直即正也；「方其
義」者，方即義也。謂其行義剛而方。〈坤文言〉的說法
是先直方而後大，即有正義才有盛德；「直方」是因，「大」
是果。換言之，君子以敬來使自己內直，以義來使自己
外方。敬義既立，其德乃盛，德盛則大。

東漢許慎《説文解字》謂「无」是「𣞤」的奇字（《説文》稱古文的異體字為奇字）。「𣞤」即現在的「無」字。

釋義　一個正直剛毅的從政者縱使處理未熟習的事情，只要秉持兼善天下的志向，便會有足夠的信心和動力把事情處理好。正直的人不行險僥倖，剛毅的人不怕困難；而所謂「德不孤，必有鄰」，有盛德的人一定有支持者。這樣的從政者必能勇往直前。

　　「直方大，不習无不利」更是我們日常工作的座右銘。只要本着清正無私的心去做事，縱使在新崗位上，處理新事情和應付新難題，也可以無往而不利。

五一

無恆產而有恆心者，
惟士為能。

原文　《孟子‧梁惠王上》:「〔孟子〕曰:『無恆產而有恆心者，惟士為能。若民，則無恆產，因無恆心。苟無恆心，放辟邪侈，無不為已。及陷於罪，然後從而刑之，是罔民也。』」

語譯　〔孟子〕說:「沒有恆常的產業而仍然有恆常專一的心，只有讀書明理、才德兼備的人做得到。如果是一般老百姓，沒有恆常的產業，便沒有恆常專一的心了。他們一旦沒有恆常專一的心，那麼一切放肆、乖僻、邪惡、姦侈的事，恐怕沒有不做的了。及至他們觸犯律法，跌進罪惡的淵藪，便把刑罰加在他們身上，那就等於有意設羅網去陷害他們了。」

釋義　這是孟子對齊宣王說的話。孟子的意思很明顯，治理國家一定要使人民「有產」，絕不能使人民「無產」。人民一定要衣食足，生活安定，才會為國家效勞。如果衣食不足，人民解決衣食問題還來不及，哪裏會為國家賣力？當一個人餓得發慌時，他只會想着怎樣找食物，哪裏會顧及禮義廉恥？如果國家不加援手，他甚至會偷會搶，因而觸犯法律。但間接令他犯法的就是國家。這樣治理國家是絕對行不通的。

能夠簞食瓢飲而不改變志向的，只有讀書明理、才德兼備之「士」。但是，一個國家有多少「士」呢？到民怨沸騰的時候，也就是統治者的末日了。

治大國若烹小鮮。

原文　《老子》:「治大國若烹小鮮。」

語譯　治理大國就像烹煮小魚。

釋文　《老子》舊題河上公〈章句〉:「鮮,魚。」《說文解字》:「鮮,魚名,出貉國。」

釋義　治理國家要避免擾民。就像烹煮小魚般,翻動太多,魚身就會撓折。這句話其實推許無為而治。

在今天的社會,真正的無為而治是做不到的。這是因為政府要應付多方面的監察和要求,除了要訂立長遠

的利民計劃之外，每天還要面對和化解社會不同層面給與的抨擊以及設法彌補不可避免的缺失。為了這樣，每個政策都要東補西綴，怎能無為而治呢？人民無所為才可以無為而治，人民欲有所為便不能無為而治。但是，為政者能夠以不擾民為大前提，凡事盡可能御繁以簡，已經是利民的好辦法。

　　在任何機構裏，如果管理階層凡事能夠御繁以簡，以免浪費員工的精力，員工的士氣和效率都可能會更高。

苛政猛於虎。

原文 《禮記・檀弓下》:「孔子過泰山側,有婦人哭於墓者而哀。夫子式而聽之。使子路問之曰:『子之哭也,壹似重有憂者。』而曰:『然,昔者吾舅死於虎,吾夫又死焉;今吾子又死焉。』夫子曰:『何為不去也?』曰:『無苛政。』夫子曰:『小子識之,苛政猛於虎也。』」

語譯 孔子經過泰山旁邊,那裏有一個婦人在一個墳墓前哭得很悲哀。孔子於是用手按着車前的橫木,仔細聽着。然後,孔子便叫子路去問:「你這樣哭,很像有重重的悲憂。」婦人說道:「是,多年前我丈夫的父親被老虎咬死了,後來我的丈夫也被老虎咬死;現在我的兒子也被老虎咬死了。」孔子問道:「你為甚麼不離開這裏呢?」婦人答道:「這裏沒有苛刻殘酷的政治。」孔子便對弟子

們說：「你們記着，苛刻殘酷的政治，比老虎還要兇狠。」

釋文　「重有憂」的「重」，唐陸德明《經典釋文》：「直用反。」陽去聲。「重有憂」即是「憂上加憂」。「苛」，陸德明：「音『何』。」本讀陽平聲，現在普通話、粵語都讀陰平聲。

釋義　戰後在香港出生和長大的朋友大概和我一樣未經歷過苛政。不過，我們一定認識不少曾經在苛政之下忍辱偷生的人；所以，在苛政之下的生活，我們應該可以想見。一個安定繁榮的社會一定無苛政，行苛政的社會一定民不聊生，這是有目共睹的。

「苛政猛於虎」用在家庭裏一樣合適。如果家長對子女刻薄嚴苛，動輒打罵，那就是一個戾氣滿盈的家庭。子女對父母沒有親切感，對家庭沒有歸屬感，只要有機會，自然會脫離家庭而去。相反地，如果父母愛護子女，凡事循循善誘，那就是一個和氣致祥、上下齊心的家庭，不是一般內憂外患所能動搖的。

自古皆有死，
民無信不立。

原文 《論語・顏淵》:「子貢問政。子曰:『足食、足兵、民信之矣。』子貢曰:『必不得已而去於斯三者，何先?』曰:『去兵。』子貢曰:『必不得已而去於斯二者，何先?』曰:『去食。自古皆有死，民無信不立。』」

語譯 子貢問孔子怎樣才可以把國家治理好。孔子說:「有足夠的糧食，有足夠的武備，以及建立人民對政府的信心。」子貢說:「如果迫不得已，這三個條件要放棄一個，那麼先放棄哪一個呢?」孔子說:「放棄武備。」子貢又問:「如果迫不得已，餘下的兩個條件要放棄一個，那麼先放棄哪一個呢?」孔子說:「放棄糧食。自古以來，死是不能免的，但是人民對政府沒信心，政府便站不住。」

釋文　「去」字讀陰上聲，是「放棄」的意思。普通話則仍讀去聲。

釋義　「民無信不立」的意義不大明顯。承「民信之」而言，「不立」似乎指政府；就字句組織而言，「不立」應是指「民」，就是說，人民沒有政府作為道德楷模，便不能立身。不過，如果人民「不立」，國家必亂，政府也會惹上「不立」的禍災。第一義似乎明顯一點，這裏姑且用了。

　　有足夠的糧食才可以使人溫飽，人民溫飽才會守禮。所以足食是治國要素。有足夠的武備才可以抵禦外侮和防止內亂，使國家安寧。所以足兵也是治國要素。但是，最重要的還是建立人民對政府的信心。如果人民對政府沒信心，就不會接受政府的命令和教化，那麼這個政府就是有也等於無。

　　三者以武備最不重要，因為武備傷人傷財，非不得已

不須用。至於「足食」和「民信之」比較之下，「足食」就顯得不重要了。雖然，糧食不足，很容易餓死，但是死是自古已有的事，沒法避免，足食也只不過把死期延緩。但是理論上政府可以不死，只要人民對它有信心它就可以長存。如果人民對政府沒信心，政府就站不住腳，隨時被人民推翻。

「民無信不立」這個道理，用在個人身上，一樣合適。一個沒有信用的人，有誰願意和他交往？他又怎麼可以在社會上立足呢？

《箴言精選》(1991)

如有王者，
必世而後仁。

原文　《論語‧子路》:「子曰:『如有王者，必世而
後仁。』」

語譯　孔子說:「如果有王者治理國家，一定要經過三十
年才能夠推行仁政。」

釋義　王者是一位德行崇高、才幹卓越、愛國愛民、天
下歸心的統治者。世是三十年。一位王者要在一個本來
不推行仁政的國家推行仁政，使國民服膺仁道，不是一
朝一夕的事，而是長達三十年的事。因為推行仁政不是
一個人獨力做得到的，一定要各階層的官吏合力推行才
成。但並不是每一個官員都願意摒棄私利，勤政愛民，
推行對國民有益的仁政。所以一位王者除了要逐步清除

政府內部貪污無能的官吏，同時還要推行有效的教育，使青少年得到適當的栽培。待這些青少年長大了，成為仁人君子，取代了舊人，仁政才可以徹底推行；那時候，國家才可以安定繁榮。要等新一代成長並發揮效能，就非三十年不可了。

其實以三十年成就仁政，已經算是相當快的了。如果統治者沒有王者的才德，就要更長的時期。《論語‧子路》：「子曰：『善人為邦百年，亦可以勝〔陰平聲〕殘去〔陰上聲〕殺矣。誠哉是言也。』」如果統治者只是善人而不是王者，那就要一百年才可以把暴政變為仁政了。

香港有今天的繁榮安定，也經過了一百多年的努力。

一年之計，莫如樹穀；

十年之計，莫如樹木；

終身之計，莫如樹人。

原文　《管子‧權修》：「一年之計，莫如樹穀；十年之計，
莫如樹木；終身之計，莫如樹人。一樹一穫者穀也；一樹
十穫者木也；一樹百穫者人也。」

語譯　一年的計劃，沒有比培植穀物更好的了；十年的
計劃，沒有比培植樹木更好的了；終身的計劃，沒有比
培植人材更好的了。穀物培植一次可以收穫一次，樹木
培植一次可以收穫十次，人材培植一次可以收穫百次。

釋義　這一章勸勉統治者把眼光放得遠大一點，要不斷
培養人材。培植穀物和樹木都是短暫的計劃，治理國家

的長遠計劃是培植人材，因為培植人材可以使統治者終身受用。

　　這個比喻略嫌簡單，也未算貼切。因為樹穀易，樹人難，付出的代價很不同。不過，國家總不能全是樹穀樹木的農民，所以統治者一定要培植足夠人材負起領導責任。國家有賢能的領導人，農民的利益才會受到適當的保護。所以，不論「樹人」多麼困難，仍然是每一位英明領袖所應該做的。

雖有周親，
不如仁人。

原文　《尚書‧泰誓中》：「雖有周親，不如仁人。」

語譯　雖然有至親，卻不如有仁人。

釋文　〈傳〉：「周，至也。」這裏姑用其說。

釋義　這是周武王說的話，意思是紂王任用至親，企圖鞏固一己的暴政；但這麼多至親圍繞着紂王，卻不如周武王有仁人輔政。

　　專制的統治者往往喜歡任用至親，企圖利用血緣關係來達到「家天下」的目的。不過至親未必都有能力治理

國家，反而會利用他們跟統治者的親屬關係，營私舞弊，以至民不聊生。等到人民忍無可忍、羣起反抗的時候，也就是統治者和他的至親滅亡的時候了。

只有以「天下為公」而又「選賢與能」的領袖，才能夠使民心歸向。

〈泰誓中〉出偽古文《尚書》。

五八

眾趨明所避，

時棄道猶存。

五九

時止則止，

時行則行。

知進退

功成名遂身退，
天之道。

五八

眾趨明所避，
時棄道猶存。

原文　唐陳子昂〈感遇〉其三十第五、六句：「眾趨明所避，時棄道猶存。」

語譯　眾人都爭着去追逐的事物，正是明智的人所要避開的；縱使為時俗所背棄，正道依然存在。

釋義　原文兩詩句針對的是趨炎附勢、向武則天和她的幸臣獻媚的官員，並暗示他們所做的是相當危險的事。而身處這顛倒是非的時代，最好還是離開權力核心，抱道遠引。

　　眾人所趨向的事物未必能帶來長遠利益，卻可能會帶

來巨大的禍患。眾趨的同時必有所爭。爭利會招致名譽和財物的損失，嚴重的甚至會招致殺身之禍。

眾人趨之若鶩的投資項目，很容易成為高風險的項目，就像早晚爆炸的氣球一般。眾人蜂擁而來、擠在一起湊熱鬧的地方，很容易成為互相踐踏、死傷枕藉的危險區。所以，我們怎能不提高警覺，避開眾人爭相追逐的事物呢？

〈感遇〉三十八首都是古體詩。不過「眾趨明所避，時棄道猶存」卻是一組合乎近體詩格律的對偶句，平仄諧協，別饒風致。

時止則止，
時行則行。

原文 《周易‧艮象》：「時止則止，時行則行。」

語譯 遇到應該停止的時候，便要停止；遇到應該行動
的時候，便要行動。

釋義 這一章勸人順應時勢，把握時機。

　　時光不停地變，而我們周遭的環境也隨着時光變。
同一樣行動，在不同的「時」便會產生不同的效果。比如
說，當你餓了一整天之後，我要請你吃一頓豐富的晚餐，
你會很高興。但是，當你吃得過飽病倒了，而我還要請
你吃一頓豐富的晚餐，你可能會認為我幸災樂禍。所以，

做事一定要合時，才是明智的。如果時機未成熟，我們已經急於行動，便會失敗；如果時機成熟，我們卻不加以利用，便是坐失良機。

我們只要仔細觀察，自然可以體會到當時是「時止」還是「時行」；我們的行動便要和「時」配合，這才是善用其時。我們一定要心平氣和，頭腦冷靜，才有能力善用其時。急躁是沒用的。

功成名遂身退，
天之道。

原文 《老子》：「功成名遂身退，天之道。」

語譯 功業有成，聲名建立了，接着便該退身避位，這是天的恆常道理。

釋義 《老子》這兩句話是相當有道理的。日中則移，月滿則虧，物盛則衰，這是天道。一個人功成名遂，接着退身避位，就是能夠體察天道。因為功成身不退，就會樹大招風，惹人妒忌，終而被逼引退。在專制社會，功臣不引退，更可能招致殺身之禍。自古中國開國之君，除了少數例外，都是大殺功臣的。

這裏舉一個例子說明功成身不退的禍害。春秋時代，越王句踐復國，主要靠范蠡和文種的計謀。范蠡功成身退，轉而從商，富甲一方。越王思念范蠡，還特地用黃金鑄了個范蠡像放在座位旁邊。文種功成身不退，留在朝廷，終於被越王逼令自殺，應了范蠡對他說的幾句話：「蜚鳥盡，良弓藏；狡兔死，走狗烹。」李白的〈古風〉也說：「功成身不退，自古多愆〔音「牽」〕尤。」

　當然，這些語句都是處身於專制社會政治舞台上的人有感而發的。在法治的民主國家，功成身不退而引來殺身之禍的可能性很微。不過，一個人老了，能力總會衰退，如果領導者功成而身不退，到頭來很可能把自己的建樹敗壞了。這也是功成必須身退的一個重要原因。

《箴言精選》原選及增選條數一覽表

1983	1991	2011	1983	1991	2011
三十九則	新增十一則	新增十則	三十九則	新增十一則	新增十則
1					31
2			32		
3			33		
		4			34
		5		35	
6			36		
7				37	
8			38		
9			39		
10			40		
11			41		
	12		42		
		13	43		
	14		44		
	15		45		
16			46		
17			47		
18				48	
	19				49
20					50
	21		51		
22					52
	23		53		
24			54		
25			55		
26			56		
		27		57	
	28				58
29			59		
30			60